Collection folio benjamin

Titre original : Goldilocks and the Three Bears
Publié par Andersen Press Ltd
© Tony Ross, 1976, pour le texte et les illustrations
© Editions Gallimard, 1980, pour l'édition française
Dépôt légal : 3e trimestre 1980
Numéro d'édition : 27 437
Imprimé par La Editoriale Libraria en Italie

Boucle d'Or et les trois ours

raconté et illustré par
Tony Ross
traduction de
Jean-François Ménard

Gallimard

Il était une fois, il n'y a pas si
longtemps, trois ours qui vivaient dans une
maison en plein cœur de la forêt.

Il y avait le père qui était un gros ours
grognon.

Il y avait la mère qui était de taille
moyenne et de meilleur caractère.

Et puis, il y avait un petit ours, un petit
bout d'ours qui faisait toujours les quatre
cents coups, se perdait dans les bois et ne
ratait jamais une occasion de s'écorcher les
genoux.

Les trois ours menaient une vie fort plaisante. Leur garde-manger était bien rempli, leur mobilier confortable et ils avaient même la télévision en couleurs. Rien ne venait jamais troubler leur existence paisible, mais un jour...

Un jour, Boucle d'Or se perdit dans la forêt.

Boucle d'Or était la fille d'un garde forestier ; elle avait coutume de jouer dans les bois, mais ce jour-là, elle était allée bien plus loin que d'habitude.

« Prends garde, Boucle d'Or, lui disaient les lapins, tu vas te perdre. »

Mais la fillette ne prêtait aucune atten-
tion à leurs avertissements et d'ailleurs,
elle ne comprenait pas le langage des
lapins.

La nuit vint à tomber et Boucle d'Or
commença d'avoir peur. Elle tournait en
rond dans la forêt sans parvenir à retrou-
ver son chemin : dans l'obscurité, tous les
arbres, tous les buissons se ressemblaient.

« Je suis perdue, pensa-t-elle, et, en
plus, j'ai faim ! »

Elle aperçut alors la maison des trois
ours. S'approchant avec précaution, elle
tira la sonnette. Comme personne ne
répondait, Boucle d'Or se risqua à pousser
la porte qui s'ouvrit toute grande.

« Hohé ! » cria-t-elle.

Cette fois encore, il n'y eut aucune
réponse. Les lumières étaient allumées,
mais la maison semblait vide.

Boucle d'Or cédait volontiers à la curiosité et il lui parut tout naturel de pénétrer dans la maison pour y jeter un coup d'œil.

Or, dans la salle à manger où elle entra tout d'abord, il y avait une table sur laquelle trois bols étaient posés. Et dans ces bols, il y avait du porridge.

« Héhé, miam ! voilà qui semble bon ! » pensa la fillette.

Elle avait de plus en plus faim, à présent. Alors, prenant une cuillère sur la table, elle la plongea dans le plus grand des trois bols, et avala une bouchée de porridge.

« Beuârk ! » s'exclama-t-elle aussitôt en laissant tomber la cuillère. Le porridge était si chaud qu'il lui avait brûlé la langue.

Boucle d'Or reprit la cuillère et la trempa dans le deuxième bol qui était plus petit. Mais là encore, le porridge était immangeable. Il était si froid qu'elle en eut mal aux dents.

« Beuârk ! Qui donc peut bien vivre dans cette maison et manger un porridge aussi détestable ? » se demanda-t-elle.

Boucle d'Or n'avait pas encore goûté le porridge que contenait le troisième bol. Elle en prit une cuillerée, avec méfiance. Mais, cette fois, elle eut une bonne surprise. Le porridge était délicieux.

« Héhé ! Miam ! voilà enfin quelque chose de bon à manger ! »

Et en moins de temps qu'il n'en faut pour l'écrire, elle avala tout le contenu du bol.

Elle se sentait bien mieux, à présent, et l'idée lui vint de visiter la maison.

Elle commença par le salon. Il y avait là trois fauteuils qui semblaient lui tendre les bras.

« Bonne idée, pensa Boucle d'Or, je ferais bien un petit somme après avoir si bien mangé. »

Elle se laissa tomber dans le plus grand
des trois fauteuils. Mais il était si grand
qu'elle pouvait tout juste en atteindre les
bras.

« On est mal dans ce fauteuil », marmonna
Boucle d'Or et elle décida d'en essayer un
autre.

Il y en avait un plus petit. Elle s'y
installa. Mais celui-ci était encore plus

inconfortable. Une grosse bosse déformait le coussin en son milieu et, même en s'asseyant de côté, il n'y avait pas moyen de l'éviter.

« Je n'aimerais pas vivre ici, pensa Boucle d'Or, les fauteuils y sont aussi détestables que la nourriture ! »

Elle essaya alors le troisième fauteuil qui était tout petit.

Quand elle se fut assise, elle s'y trouva fort bien. « Voilà enfin un excellent siège, pensa la fillette, et je sens que je vais faire un petit somme... »

Mais, à peine avait-elle fermé les yeux que deux pieds du fauteuil se brisèrent net et Boucle d'Or tomba à la renverse.

« Cette maison est décidément invivable, s'exclama la fillette, je me demande s'ils ont des lits, au moins ! »

Elle monta l'escalier et ouvrit la porte la plus proche : c'était une chambre à deux lits. Boucle d'Or se laissa tomber sur le plus grand.

« Aïe ! Houlà ! » s'écria-t-elle aussitôt.

Le lit était si dur qu'elle en avait le dos tout meurtri. « Je ne trouverai donc jamais un endroit pour me reposer, dans cette maison », gémit-elle.

Elle essaya l'autre lit plus petit que le premier et qui semblait plus confortable. Là, au moins, le matelas était moelleux. Elle se jeta sur l'édredon et chercha la meilleure position pour dormir. Mais elle se sentit alors s'enfoncer de plus en plus dans le matelas qui, cette fois, était trop mou, si mou qu'elle faillit disparaître, engloutie dans les couvertures.

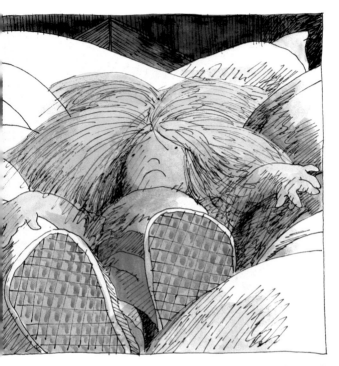

Tant bien que mal, elle parvint à s'extraire du lit et, se grattant la tête, elle se mit à réfléchir.

« Voyons, se dit-elle, il y avait un tout petit bol et un tout petit fauteuil, sans doute y a-t-il également un tout petit lit où je serai bien ? »

Elle retourna sur le palier et entra dans une autre chambre.

C'était une toute petite chambre et dans un coin, comme elle l'avait prévu, il y avait un tout petit lit.

Elle se précipita dessus et rebondit plusieurs fois sur le matelas. Ce lit était parfait, c'était le plus confortable qu'elle eût jamais connu !

Alors, se laissant gagner par le sommeil, Boucle d'Or se glissa sous les couvertures et tomba endormie. Elle était si fatiguée qu'elle n'avait même pas pris la peine d'enlever ses chaussures.

Mais, tandis qu'elle dormait, les trois ours rentrèrent chez eux. Ils étaient allés rendre visite à leur vieille tante Marguerite. Il était tard, il faisait froid et ils se trouvaient fort contents d'être enfin de retour.

« Je me demande bien pourquoi nous allons encore voir cette vieille toupie, grommela le père ours, elle est sourde comme un pot et elle passe son temps à ricoter sans comprendre ce qu'on lui dit !

« Bah, ne t'en fais pas, dit la mère ours, nous n'y retournerons plus. En attendant, viens, il est temps de manger ton porridge. »

Elle aida son époux à enlever son
manteau et toute la famille entra dans la
salle à manger.

« Tiens, il me semblait bien avoir fermé
la porte, et pourtant, elle est ouverte »
grommela le père ours.

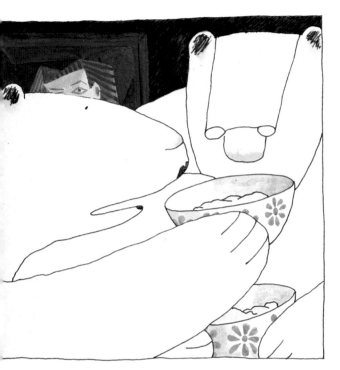

Les trois ours s'installèrent autour de la
table. Le père ours contemplait son bol
d'un œil morose. Il sentait que quelque
chose n'allait pas. Il prit le bol entre ses
grosses pattes, l'examina avec soin en le
tournant et le retournant, renifla le
porridge, puis regarda la mère ours, d'un
air furieux.

« Quelqu'un a mangé dans mon bol ! »
rugit-il.

La mère ours observa son propre bol.

« Eh bien, quelqu'un a mangé dans le mien également ! » dit-elle.

Tous deux se regardèrent en se demandant ce qui avait bien pu arriver.

Alors, le petit ours s'aperçut que son bol à lui avait été complètement vidé.

« Il ne reste plus rien de mon porridge ! » s'exclama-t-il.

Et il se mit à pleurer.

Le père ours se leva et plongea son regard dans le bol vide.

« Hum... », dit-il, car il ne trouvait rien d'autre à dire.

La mère ours consolait son enfant qui pleurait abondamment la perte de son porridge.

« Je me demande bien ce qui s'es
passé », marmonna le père ours.

Les trois ours se rendirent ensuite dan
le salon.

« Tiens, il me semblait bien avoir ferme
la porte, et pourtant, elle est ouverte »
remarqua encore une fois le père ours.

Il allait s'asseoir dans son fauteuil mais
tout à coup, il s'immobilisa, les sourcil
froncés.

« Quelqu'un s'est assis dans mor
fauteuil , rugit-il.

— Et dans le mien aussi », dit la mère
ours en écho.

Tous deux contemplaient leurs fauteuil
en se grattant la tête. « C'est singulier !
grommela le père ours.

Le petit ours, alors, recommença à pleurer
« Non seulement on s'est assis dans mor
fauteuil, se plaignit-il, mais, en plus, on l'é
cassé !

— Je me demande bien ce qui a pu se
passer », grogna le père ours tandis que la
mère ours consolait son enfant.

« Allons-nous coucher, marmonna le père ours, nous aviserons demain ! »

Et d'un pas soucieux, les trois ours montèrent l'escalier pour rejoindre leurs chambres.

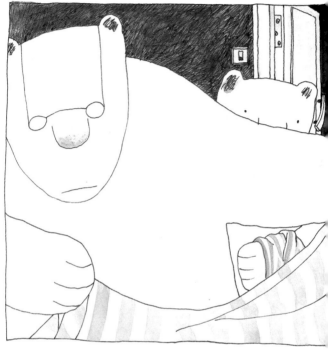

Le père ours, en prenant son pyjama
sous l'oreiller, remarqua que l'édredon
était creusé en son milieu.

« Quelqu'un a dormi dans mon lit !
s'exclama-t-il.

– Et dans le mien aussi ! » dit la mère
ours en écho.

Au même moment, le petit ours poussa un cri en ouvrant la porte de sa chambre. Ses parents se précipitèrent.

Le petit ours montrait son lit d'une patte tremblante. « Il y a quelqu'un dans mon lit », s'écria-t-il.

Les trois ours stupéfaits regardèrent Boucle d'Or qui dormait paisiblement dans le petit lit.

« Qui est-ce ? chuchota le petit ours.

— Je n'en sais rien, dit la mère ours.

— Peu importe qui c'est, grommela le père ours, mais ce qui est sûr, c'est qu'elle devrait être dans sa maison et non pas dans la nôtre ! »

Les trois ours savaient à présent qui avait mangé leur porridge et utilisé leurs fauteuils. Et ils s'en trouvaient fort mécontents. Si mécontents qu'ils sortirent leurs griffes et se mirent à rugir avec colère. Ils paraissaient effrayants, avec leurs longues dents et leurs griffes pointues.

Boucle d'Or, en entendant leurs rugissements, s'éveilla en sursaut et elle eut si peur que ses cheveux se dressèrent tout droit sur sa tête.

La fillette bondit hors du lit, plongea
entre les pattes des trois ours, dévala
l'escalier et sortit en trombe de la maison.
Sa frayeur était si grande qu'elle courut,
courut, et courut encore jusqu'à l'aube.
Elle retrouva enfin le chemin de sa maison
où elle arriva en haletant, et les joues
écarlates d'avoir tant couru.

Elle l'avait échappé belle, mais la leçon avait porté : à dater de ce jour elle s'abstint de manger dans l'assiette d'autrui, de s'asseoir dans des fauteuils, ou de dormir dans des lits, qui ne lui appartenaient pas sans avoir d'abord demandé la permission de le faire.

BIOGRAPHIE

Je suis né à Londres en 1938 et je crois toujours aux contes de fées et au Père Noël.

Après mes études, j'ai travaillé dans la publicité, puis je suis devenu professeur à l'école polytechnique de Manchester. Dans les années 60, je me suis amusé à faire des dessins pour des magazines, notamment pour *Punch*.

Mes premiers livres pour enfants ont été publiés en 1973. Depuis, j'en ai fait plus de vingt.

Les enfants, pour moi, sont beaucoup plus importants que les éditeurs, les hommes politiques ou les rois et j'ai toujours essayé de faire de mon mieux pour leur offrir des dessins qui leur plaisent.

Ma principale, ambition, c'est de divertir. Souvent, je récris à ma manière des histoires traditionnelles pour contribuer à les faire connaître aux enfants d'aujourd'hui. Et parfois, j'écris mes propres contes, parce que je ne peux pas m'en empêcher.

Je vis à la campagne avec ma femme, mes quatre enfants et mes deux chats qui, par parenthèse, n'arrêtent pas de se battre et de voler de la nourriture.

J'aime faire du bateau à voile et je collectionne les soldats de plomb.

Je déteste la politique, les voyages, les adultes grincheux, les professeurs sentencieux et les voitures de sport.

J'aime les motos, mais je n'ose pas monter dessus.

Enfin, je pense qu'un livre est bon quand il plaît au public et qu'il est excellent quand le public l'adore.

Tony Ross

QUELQUES MOTS DIFFICILES

Porridge : C'est une bouillie de flocons d'avoine dont les Anglais sont friands et qu'ils mangent surtout au petit déjeuner.

Grommeler : Parler entre ses dents avec mauvaise humeur.

Marmonner : Murmurer avec mauvaise humeur également.

Morose : Qui est triste et renfrogné.

ON EST MIEUX ASSIS QUE DEBOUT...

Le *fauteuil* est un élément familier de notre mobilier. A l'origine, pourtant, il était plus particulièrement réservé aux dieux et aux rois, notamment en Grèce et à Rome. Le dossier était haut et large et les pieds fréquemment sculptés. Ce type de fauteuil en bois nous semblerait aujourd'hui très inconfortable, et il faut d'ailleurs attendre une époque relativement récente pour trouver des sièges dans lesquels il fait bon s'asseoir. C'est en effet au XVIIe siècle qu'on commence à fabriquer des fauteuils rembourrés qui offrent un confort bien supérieur aux anciens sièges de bois.

Au cours des trois derniers siècles, les fauteuils ont connu des styles bien différents que les amateurs d'antiquités peuvent reconnaître au premier coup d'œil : style Louis XIV, Régence, Louis XV, Louis XVI, etc. De nos jours, les fauteuils ont sans doute une forme moins recherchée, mais ils y gagnent généralement en confort, ce qui est loin d'être négligeable pour les amateurs de « farniente ».

...ET ENCORE MIEUX COUCHÉ QU'ASSIS.

Même s'il est fort agréable de faire une sieste dans un bon fauteuil, rien ne vaut cependant un lit moelleux afin de se plonger dans un sommeil réparateur. Mais chez les Anciens, le lit ne servait pas seulement à dormir, il y avait aussi des lits de table sur lesquels on s'allongeait pour prendre ses repas. C'est ainsi que les Romains préféraient manger couchés qu'assis. Ces lits, qu'ils soient destinés au sommeil ou aux repas, devinrent de plus en plus luxueux et certains même étaient en argent massif.

Au Moyen Age, on fabriqua des lits monumentaux qui comportaient des colonnes et même un plafond.

Par la suite, on créa les lits à baldaquin, formés de tentures et de rideaux qu'on pouvait fermer complètement pour mieux protéger son sommeil. Puis, à partir du XVIIIᵉ siècle, le lit se simplifia pour devenir peu à peu ce qu'il est de nos jours : un simple sommier muni d'un matelas.

Qu'il soit simple ou compliqué, luxueux ou purement fonctionnel, le lit occupe une place essentielle dans notre vie quotidienne : en effet, nous passons un tiers de notre temps à dormir. Il est donc indispensable de le faire dans les meilleures conditions de confort. Une des dernières inventions en matière de lit nous vient des Etats-Unis : c'est en effet en Californie qu'on a eu pour la première fois l'idée de fabriquer des lits en plastique remplis d'eau. Il est sans doute agréable de se laisser bercer dans son sommeil par un doux clapotis, mais ces lits ont deux défauts essentiels : d'abord, ils peuvent peser jusqu'à sept cents kilos, ensuite il est pratiquement impossible de les vider sans risquer une inondation ! Aussi est-il peut-être plus sage de leur préférer de simples petits lits comme celui dans lequel Boucle d'Or s'est si voluptueusement abandonnée au sommeil.

Collection folio benjamin